# ばいばい 大っきいじいちゃん

小林 厚子

文芸社

# 目次

# 一章

# 新緑《しんりょく》

## 一九九八年夏《なつ》　静岡《しずおか》

「リョウヤー、ばあちゃんー、早《はや》くうー。」

兄《にい》ちゃんがおっきい声《こえ》で呼《よ》ぶから、オレは、ばあちゃんと手《て》をつなぎながら急《いそ》いで走《はし》った。ゴム草履《ぞうり》はうまく走《はし》れない。今日《きょう》のためにじいちゃんが買《か》ってくれたんだ。ちょうどいい大きさなのがなくて、ちょっとだけ大きい。でも、初《はじ》めてはくゴム草履《ぞうり》はかっこいい。オレは、すごおく気《き》に入《い》った。

ばあちゃんの持《も》ってるバケツが、ガタガタ音《おと》をたてている。その音《おと》を聞《き》いてたら、どんどん嬉《うれ》しくなってきた。いまから『ナツマツリ』にいくんだ。『ナツマツリ』は川《かわ》に『ウナギ』を入《い》れて皆《みんな》で捕《つか》まえるんだって。『ウナギ』って魚《さかな》なんだって、ばあちゃんが教《おし》えてくれた。どんな魚《さかな》かな？「長《なが》いよ。」って、兄《にい》ちゃんが言《い》ってた。『ウナギ』を見《み》るのが楽《たの》しみだ。それに今日《きょう》はお父《とう》さんと、お母《かあ》さんが静岡《しずおか》に来《く》る日《ひ》だ。今日《きょう》はいい日《ひ》だよ。

静岡《しずおか》は、楽《たの》しいことばっかり。ばあちゃん家《ち》はおっきいから、家《うち》の中《なか》で走《はし》れるし、玄関《げんかん》を出《で》たら、すぐ庭《にわ》に出《で》て遊《あそ》べる。

ばあちゃんはザリガニを捕《と》るのがすごくうまいんだよ。お母《かあ》さんより上手《じょうず》なんだ。ばあちゃんは棒《ぼう》を使《つか》って、網《あみ》の中《なか》に何匹《なんびき》も追《お》い込《こ》む。そして網《あみ》に入《い》れたまま水《みず》の中《なか》で揺《ゆ》するんだ。そうすると泥《どろ》だらけのザリガニが、お風呂《ふろ》に入《はい》ったみたいにきれいになる。ばあちゃんは、その網《あみ》をひっくり返《かえ》して、道路《どうろ》にポイッとあける。そしたら真《ま》っ赤《か》なザリガニが道路《どうろ》の上《うえ》に転《ころ》がっているんだ。オレと兄《にい》ちゃんが捕《つか》まえようとすると、ザリガニは大きなはさみを振《ふ》り上《あ》げて、後《うし》ろ向《む》きに逃《に》げていく。こんな時《とき》はコツがあるんだよ。ザリガニの後《うし》ろに行《い》って背中《せなか》を親指《おやゆび》と人差《ひとさ》し指《ゆび》でつまむんだ。でもこれはちょっとドキドキだよ。ザリガニに気《き》づかれないように背中《せなか》を持《も》つのは難《むずか》しいんだ。気《き》をつけないと、あの赤《あか》いハサミで指《ゆび》をはさまれちゃうからね。オレは最初《さいしょ》は怖《こわ》くてできなかったけど、毎日練習《まいにちれんしゅう》してたら、できるようになったんだ。じいちゃんやばあちゃんにほめてもらって、オレはとってもいい気分《きぶん》になった。

それからセミが、カラから出《で》て来《く》るのも見《み》たんだ。ゆっくり、ゆっくり出《で》て来《く》るんだよ。何回《なんかい》も家《いえ》に帰《かえ》って、ご飯《はん》を食《た》べたり、遊《あそ》んだりしながら何度《なんど》も見《み》にいったよ。その度《たび》に少《すこ》しずつカラから、セミの体《からだ》が出《で》てくるんだ。生《う》まれてのセミは茶色《ちゃいろ》くないんだ。セミじゃないみたい。白《しろ》い色《いろ》をして、なんだかとても弱《よわ》そう。まだ飛《と》べないんだって。木《き》に摑《つか》まって、また長《なが》い時間《じかん》じっとしてたら、いつもの茶色《ちゃいろ》のセミになった。ずっとセミを見《み》てたら、「かわいそうだね。」って兄《にい》ちゃんといって捕《つか》まえるのをやめた。そしたら、いつのまにかどこかへ飛《と》んでいっちゃった。

こうして毎日《まいにち》、朝《あさ》から晩《ばん》まで遊《あそ》べるんだ。でもお父《とう》さん、お母《かあ》さんともうずっと会《あ》ってない。電話《でんわ》でお話《はなし》するとちょっと泣《な》きたくなる。でもオレはいつも「大丈夫《だいじょうぶ》。」っていう。お母《かあ》さんは、赤《あか》ちゃんを産《う》んだんだ。オレに『おとうと』ができたんだって。

「リョウヤは、兄《にい》ちゃんになったんだよ。」

って皆《みんな》が言《い》う。なんか…よく、わかんない。だって…『にいちゃん』は、オレの『ユウトにいちゃん』だもん。

いつもの川《かわ》に、今日《きょう》はたくさん人《ひと》がいる。いつもは誰《だれ》もいないのにね。人《ひと》が大勢《おおぜい》いるのを見《み》てたら、なんだかドキドキしてきちゃったよ。オレたちが着《つ》いたら、兄《にい》ちゃんはもう川《かわ》の中《なか》に入《はい》ってた。オレも知《し》らないおじちゃんが抱《だ》っこして川《かわ》に入《い》れてくれた。すごく長《なが》くて、大《おお》きな魚《さかな》がいた。これがウナギか？なんか…変《へん》だよ、これ。これを捕《つか》まえるのか？怖《こわ》いな……。かまないかな？　でもみんな手《て》で捕《つか》まえようとしている。女《おんな》の子《こ》だってやってる。オレだってできるさ。あれ、なかなか捕《つか》まらないぞ。でも追《お》いかけるのは面白《おもしろ》い。オレはすぐに夢中《むちゅう》になった。ばあちゃんが上《うえ》から「リョウヤ、ほらそこにいるよ。」って教《おし》えてくれる。でも水《みず》の中《なか》は速《はや》く歩《ある》けないんだ。オレがウナギのところへいくと、もういなくなってる。兄《にい》ちゃんが、一匹《いっぴき》捕《つか》まえた。オレは、なかなか捕《と》れない。一生懸命《いっしょうけんめい》追《お》いかけてるとオレたちを呼《よ》ぶ声《こえ》がした。オレはすぐにわかったよ。ずっと待《ま》ってた声《こえ》だもん。

「ユウトー、リョウヤー。今《いま》きたよー。」

お母《かあ》さんだ。オレは、ちょとだけお母《かあ》さんを見《み》た。でもなぜだか、恥《は》ずかしくなってお母《かあ》さんの方《ほう》を見《み》ないふりした。兄《にい》ちゃんは、バケツの中《なか》のウナギをお母《かあ》さんに見《み》せた。

「お母《かあ》さん見《み》て。オレが捕《つか》まえたんだよ。」

「すごいねえ。」

ってほめられた。オレも早《はや》く捕《つか》まえなくちゃ。

「あれ、ずいぶん早《はや》かったじゃん。」

ってばあちゃんが言《い》った。

「うん。高速道路《こうそくどうろ》が込《こ》んでなかったから、二時間《にじかん》で着《つ》いたよ。…なんだか、少《すこ》し見《み》ないうちに二人《ふたり》ともおっきくなったねえ。」

「そうかねえ。二人《ふたり》とも元気《げんき》にやってるよ。疲《つか》れちゃあいけないで先《さき》に行《い》ってな。」

「うん、じゃあね。」

お母《かあ》さんは、家《いえ》に行《い》っちゃった。オレはお母《かあ》さんに、ウナギを捕《と》るところを見《み》せられなかった。ウナギは他《ほか》の子《こ》のバケツの中《なか》を泳《およ》いでる。もう川《かわ》の中《なか》にウナギはいなくなった。オレは一匹《いっぴき》も捕《つか》まえられなかった。兄《にい》ちゃんの捕《と》ったウナギは、いまからお料理《りょうり》してくれるんだって。ウナギがいなくなって、もうナツマツリは終《お》わったと思《おも》ったら、ヤキソバとおでんをもらった。川《かわ》のすぐ近《ちか》くにある公民館《こうみんかん》にお店《みせ》が出《で》てて、好《す》きなものをもらっていいんだって。それでもって夜《よる》は、『ボンオドリ』をするんだって言《い》ってた。ナツマツリはすごいよ、川《かわ》で遊《あそ》べるし、夜《よる》も遊《あそ》んでいいし、美味《おい》しいものを食《た》べ放題《ほうだい》なんだ。イチゴのカキ氷《ごおり》を二杯《にはい》食《た》べてから、兄《にい》ちゃんとばあちゃんと急《いそ》いで家《いえ》に帰《かえ》った。

「お母《かあ》さん、見《み》て。ヤキソバ。もらったんだよ。」

「ホントー？　よかったねえ。すごいじゃん。」

「うん、おでんもね。」

ウナギは捕《つか》まえられなかったけど、ヤキソバとおでんはあるんだ。お母《かあ》さんは驚《おどろ》いてくれた。よかった。

「リョウちゃん、会《あ》いたかったあ。寂《さび》しくなかった？」

お母《かあ》さんが聞《き》くから、「べつに。」って言《い》ったけど、お母《かあ》さんがギュウしたから、少し涙《なみだ》が出《で》た。

赤《あか》ちゃんの黄疸《おうだん》がひどくて長《なが》く入院《にゅういん》してたから、静岡《しずおか》に来《く》るのが遅《おそ》くなったんだって。赤《あか》ちゃんが生《う》まれるっていう日《ひ》の一週間前《いっしゅうかんまえ》に、お父《とう》さんが『シユッチョウ』になった。『チュウゴク』という国《くに》だ。外国《がいこく》なんだって。お父《とう》さんのいない間《あいだ》に、赤《あか》ちゃんが生《う》まれちゃうと困《こま》るからって、ばあちゃんがオレたちを迎《むか》えに来《き》てくれたんだ。

お母《かあ》さんが近鉄《きんてつ》の駅《えき》まで車《くるま》で送《おく》ってくれた。電車《でんしゃ》に乗《の》って座《すわ》ったら、階段《かいだん》のところでお母《かあ》さんが手《て》を振《ふ》っているのが見《み》えた。お母《かあ》さんは電車《でんしゃ》が発車《はっしゃ》しても、ずっと手《て》を振《ふ》ってたよ。オレたちも手《て》を振《ふ》ったよ。お母《かあ》さんが見《み》えなくなるまで。

それから名古屋駅《なごやえき》に着《つ》いて、そこから新幹線《しんかんせん》に乗《の》ったんだよ。「こだま」だよ。いつも静岡《しずおか》に行《い》く時《とき》は車《くるま》だからね。初《はじ》めて新幹線《しんかんせん》に乗《の》ったんだ。すごいよ、新幹線《しんかんせん》は。中《なか》でお弁当《べんとう》やアイスを売《う》ってるんだよ。それに車《くるま》より速《はや》く走《はし》るんだ。オレたちは嬉《うれ》しくて、楽《たの》しくてたまらなかった。だってばあちゃんがお菓子《かし》と、ジュースを買《か》ってくれたんだ。しかも、一人一個《ひとりいっこ》ずつだよ。今日《きょう》は仲間《なかま》っこじゃないんだ。やったあ。

オレたちが静岡《しずおか》に来《き》た次《つぎ》の日《ひ》、赤《あか》ちゃんが生《う》まれた。「やっぱり迎《むか》えにいっといて、よかった。」って、じいちゃんとばあちゃんは何度《なんど》も言《い》った。

お母《かあ》さんの弟《おとうと》のおじちゃんが、バーベキューに連《つ》れてってくれたり、公園《こうえん》に連《つ》れてってくれた。従兄妹《いとこ》のミサキちゃんや、トモくんと一緒《いっしょ》に遊《あそ》んだんだ。だから毎日《まいにち》いろんなところに行《い》って、毎日楽《まいにちたの》しかったんだよ。でもお母《かあ》さんや、お父《とう》さんとは、ずうっと会《あ》っていなかったんだ。だから今日《きょう》はやっと会《あ》えた『いい日《ひ》』なんだ。『ナツマツリ』だしね。

兄《にい》ちゃんはお父《とう》さんに、うなぎを捕《つか》まえた時《とき》のことを自慢《じまん》してる。オレも捕《つか》まえたかったよ。そしたら、オレだってお父《とう》さんをビックリさせられたのにな。

「ほら、見《み》てごらん。」

お母《かあ》さんが、赤《あか》ちゃんを見《み》せてくれた。口開《くちあ》けて寝《ね》てる。

「ケイタ。ユウト兄《にい》ちゃんと、リョウヤ兄《にい》ちゃんだぞ。」

お父《とう》さんが言《い》った。寝《ね》てるんだから聴《き》いてないと思《おも》う。ちっちゃいなあ。

ん？　なんか、匂《にお》いがする。お母《かあ》さんが「おっぱいの匂《にお》いだよ。」って教《おし》えてくれた。黄疸《おうだん》がひどかったから、真《ま》っ黄《き》い黄《き》い、なんだって。そういえば、なんか黄色《きいろ》いね。あれ、目《め》が真《ま》っ黄色《きいろ》だ。

お母《かあ》さんが指《ゆび》で喉《のど》をこちょこちょしたら、ケイタはちょっとだけ目《め》を開《あ》けて、また眠《ねむ》っちゃった。

「でも無事《ぶじ》に退院《たいいん》できてよかった。あんまり入院《にゅういん》が長《なが》いんで心配《しんぱい》でたまらんかったよ。」って、おじいちゃん、おばあちゃんが大騒《おおさわ》ぎした。でも、もうケイタは目《め》を開《あ》けない。

お母《かあ》さんは赤《あか》ちゃん産《う》んだから、お布団《ふとん》で寝《ね》てないといけないんだって。でも、もうずっと静岡《しずおか》にいてくれるって。よかった。兄《にい》ちゃんとヤキソバを食《た》べた。うまかったよ。

ケイタが泣《な》くと、お母《かあ》さんがオッパイをあげる。「上手《じょうず》、上手《じょうず》。」ってほめてもらってる。これが上手《じょうず》なのか？　ゴクゴクすごい音《おと》をさせて飲《の》んでるから、ずううっと見《み》てた。そしたら、

「リョウちゃんも飲《の》んでみる？」だって。

「うん。」

ちょっと恥《は》ずかしかったけど、オレは頷《うなず》いた。そしたら赤《あか》ちゃんみたいに抱《だ》っこされた。嬉《うれ》しかったけど、照《て》れちゃうな。あれ？　ケイタみたいに食《く》いついてみたけど出《で》てこない。お母《かあ》さんがぎゅっとオッパイ押《お》したら、暖《あたた》かくて甘《あま》い物《もの》が口《くち》の中《なか》に入《はい》ってきた。

「わあー。」

とび起《お》きてペッペッってしたら、兄《にい》ちゃんが笑《わら》った。

「オレは、いいよ。」

「おいしくなかった？　もう忘《わす》れちゃったの？　リョウちゃんも、赤《あか》ちゃんの時《とき》には飲《の》んでたんだよ。」

「エエー、オレが？　知《し》らなかったよ。」

「じゃあ、オレは？　オレも飲《の》んでたの？」

「ユウトもだよ。」

「えー、ほんとにい？」

兄《にい》ちゃんとオレは驚《おどろ》いたよ。そうだったのか。知《し》らなかったよ。でも、今《いま》はまずい。ケイタは、どうしてあんなの飲《の》めるのかなあ？　美味《おい》しくないのに……。オレは、ジュースの方《ほう》がぜったい美味《おい》しいと思《おも》うよ。でもケイタはおっぱいだけしか、飲《の》めないんだって。じゃあさ、お菓子《かし》だったら食《た》べられるの？

えっ、だめなのか。……かわいそう。

ケイタが寝《ね》てる。アクビしたよ。鼻《はな》にクチャっとしわができた。いつも手《て》を、グーに握《にぎ》ってるんだ。面白《おもしろ》い。

「おお、オレの手《て》、握《にぎ》ってるー。」

兄《にい》ちゃんが指《ゆび》でケイタの手《て》を触《さわ》ったら、ケイタはその指《ゆび》をぎゅっと握《にぎ》った。

「あっ、オレもする。……兄《にい》ちゃん見《み》て。オレの手《て》も握《にぎ》った。ひっぱっても離《はな》れないよー。……おっ、オレの方《ほう》、見《み》た。」

「えっ、オレだってやるよ。……やった。オレのことも見《み》たよ。」

兄《にい》ちゃんも負《ま》けない。その時《とき》、オレはすごいことに気《き》がついた。

「お、お母《かあ》さん。大変《たいへん》だよ。ケイタ、歯《は》がないよ。」

「なくて、いいんだよ。これから生《は》えるんだから。最初《さいしょ》はみんな歯《は》がないんだよ。」

「え…これでいいの？　でも…歯《は》がないと…なんか変《へん》だよ…」

歯《は》のない口《くち》は変《へん》だけど、オレは安心《あんしん》した。病気《びょうき》でまた病院《びょういん》へ行《い》くのかと思《おも》ったよ。

「リョウヤは、ケイタのことをいじめないんだねえ。優《やさ》しいねえ。」

お母《かあ》さんが、びっくりすることを言《い》った。

「ええー。だって、赤《あか》ちゃんだよ。」

「でもお兄《にい》ちゃんは、リョウヤが赤《あか》ちゃんの時《とき》、すごいことしたんだよ。寝《ね》てるところを踏《ふ》んだり、フォークで刺《さ》したりとかね。」

「えーっ」

二人《ふたり》で一緒《いっしょ》に叫《さけ》んだ。

「オレが、そんなひどいことやったの？　ほんとにいー？　覚《おぼ》えてないよおー。」

オレも覚《おぼ》えてない。フォークで刺《さ》したら危《あぶ》ないよ。兄《にい》ちゃんは…ワルだよ。

今夜《こんや》は外《そと》でギャアギャア鳴《な》く声《こえ》も、気《き》にならない。あれって田《た》んぼのカエルの声《こえ》なんだって。お母《かあ》さんが静岡《しずおか》に来《き》た日《ひ》の夜《よる》に教《おし》えてもらった。ホントはね…。お外《そと》は真《ま》っ暗《くら》だし、ちょっと怖《こわ》かったんだよ。でもカエルだってわかったから、安心《あんしん》して今日《きょう》から眠《ねむ》れるよ。それにお母《かあ》さんと一緒《いっしょ》だからね。…だってオレは、ずっと怪獣《かいじゅう》の声《こえ》かと思《おも》ってた。「ばあちゃんに聞《き》けば、よかったのに。」ってお母《かあ》さんが笑《わら》った。でも聞《き》けなかったんだよ…。

お母《かあ》さんが静岡《しずおか》に来《き》て、少《すこ》ししたら大っきいじいちゃんが病院《びょういん》から家《いえ》に帰《かえ》ってきた。今度《こんど》は肺炎《はいえん》になっちゃったんだって。

ばあちゃん、じいちゃん、おじちゃんで、おいしょおいしょって、大っきいじいちゃんをお部屋《へや》まで運《はこ》んだ。

お母《かあ》さんのおなかが大きかった頃《ころ》から、大っきいじいちゃんは、ベッドでずっと寝《ね》たきりになって、みんなでテレビを見《み》る部屋《へや》には、もう来《く》ることができなくなった。前《まえ》はお尻《しり》で歩《ある》いてたのに。それもできなくなった。

「お帰《かえ》り、ユウトだよ。リョウヤだよ。」

オレたちがご挨拶《あいさつ》したら、

「おお、大きくなったな。」

大っきいじいちゃんは、顔《かお》がグシャグシャになって笑《わら》った。でも、なんかいつもと顔《かお》が違《ちが》うみたい。ずっと口《くち》を開《あ》けている。よだれもたれている。何《なに》言《い》ってるのかもよくわからない。

「大っきいじいちゃん、本物《ほんもの》？」

オレは心配《しんぱい》になって聞《き》いた。

「うん、本物《ほんもの》だよ。違《ちが》って見《み》える？　そうかあ…」

お母《かあ》さんは、ばあちゃんを見《み》た。ばあちゃんも、かなしそうな困《こま》った顔《かお》になった。オレ、変《へん》なこと言《い》ったのか？

大っきいじいちゃんは、前《まえ》にも病院《びょういん》にお泊《と》まりしたよ。『ニュウイン』っていうんだ。オレたちは、お見舞《みま》いに行《い》った。そのあと病院《びょういん》から帰《かえ》ってきたら、もう自分《じぶん》では動《うご》けなくなっていたんだ。
大っきいじいちゃんが動《うご》けなくなったから、ばあちゃんは会社《かいしゃ》をやめた。お母《かあ》さんがずうっと小《ちい》さい頃《ころ》から、働《はたら》いてきた会社《かいしゃ》だった。でもね、お母《かあ》さんは「大っきいじいちゃんには悪《わる》いけど、いつ電話《でんわ》しても家《いえ》にばあちゃんがいてくれるのは、すごく嬉《うれ》しい。」って言《い》ってた。「やっとお母《かあ》さんが、私《わたし》のお母《かあ》さんになった気《き》がする。」だって。変《へん》なことを言《い》うお母《かあ》さん。

ケイタが生《う》まれてから、お母《かあ》さんはいつも眠《ねむ》そう。ケイタが夜《よる》、寝《ね》ないんだよ。三時間《さんじかん》寝《ね》て、おっぱい飲《の》んで、また三時間《さんじかん》寝《ね》ておっぱい飲《の》んでって毎日《まいにち》繰《く》り返《かえ》すんだって。夜《よる》もおっぱい飲《の》まないとおなかすくんだって。でもおっぱい飲《の》んだのに、泣《な》くんだよ。オレは時々《ときどき》起《お》こされる。うるさいんだもん。何《なに》が言《い》いたいの？　泣《な》いてたら、わからないよ。お母《かあ》さんが抱《だ》っこすると泣《な》き止《や》む。寂《さび》しかったのかな。でもお布団《ふとん》に下《お》ろすとまた泣《な》く。お母《かあ》さんはまた抱《だ》っこする。こうしてお母《かあ》さんは眠《ねむ》れない。オレは夜《よる》になると、すぐ眠《ねむ》くなるんだけどね。

でもお母《かあ》さんは夜《よる》に起《お》きてて、ケイタにおっぱいあげて、大っきいじいちゃんが呼《よ》ぶとお部屋《へや》へ行《い》ってお話《はなし》する。大っきいじいちゃんも寝《ね》ないんだって。大っきいじいちゃんは昼《ひる》に寝《ね》て、夜《よる》に起《お》きてる。そして夜《よる》に、起《お》きたまま夢《ゆめ》をみるんだ。「地獄《じごく》が見《み》える。」って言《い》ったり、動《うご》けないのに動《うご》いてベッドから落《お》ちたりする。だから何回《なんかい》も見《み》に行《い》かないと心配《しんぱい》なんだ。

お母《かあ》さんが眠《ねむ》るころ、ばあちゃんが起《お》きてきて交代《こうたい》する。ご飯《はん》の時《とき》もお母《かあ》さんとおばあちゃんが交代《こうたい》で、大っきいおじいちゃんに付《つ》いている。大っきいじいちゃんは、ご飯《はん》を食《た》べるのが遅《おそ》い。オレがお外《そと》で遊《あそ》んできても、まだ食《た》べてる。ゆっくり食《た》べないと、オエしちゃうからだって。ほんの少《すこ》しのご飯《はん》や、小《ちい》さく小《ちい》さく切《き》った軟《やわ》らかいおかずを、ゆっくりゆっくり食《た》べるんだ。オレたちもお手伝《てつだ》い。ストローのついたカップに入《い》れたお茶《ちゃ》を持《も》っていってあげるんだよ。「えらいね。」ってばあちゃんもお母《かあ》さんもほめてくれる。だから兄《にい》ちゃんと取《と》りっこだよ。

毎日《まいにち》いい日《ひ》だったよ。お母《かあ》さんが来《き》てからはもっといい日《ひ》になった。でもずっと静岡《しずおか》にいるって言《い》ったのに、今日《きょう》帰《かえ》るんだって。ビックリしたよ。お父《とう》さんが、車《くるま》で迎《むか》えに来《き》てくれた。お父《とう》さんが「持《も》ってくものがあったら、忘《わす》れんように。」って言《い》ったから、オレはぞうさんバッグを車《くるま》に入《い》れてもらった。中《なか》にはおもちゃと本《ほん》が入《はい》ってる。静岡《しずおか》でじいちゃんや、ばあちゃんに買《か》ってもらったんだ。兄《にい》ちゃんも大きな袋《ふくろ》をじいちゃんにもらって、たくさん入《い》れてる。

「さみしくなるなあ。また来《こ》いよ。」

「帰《かえ》りたくないよう。ここにずうっといたいよう。」

じいちゃんが悲《かな》しそうに言《い》うから、兄《にい》ちゃんが泣《な》いた。オレも泣《な》きそう。

「また連《つ》れてきてやるから、泣《な》かなくていいんだよ。」

お父《とう》さんが言《い》った。

「すぐに？」

「ああ、すぐにだよ。」

**一九九八年初秋《しょしゅう》**

でも、それから静岡《しずおか》に来《き》たのはケイタが三カ月になった時《とき》だった。その間《あいだ》にオレは名古屋《なごや》で保育園《ほいくえん》に入《はい》った。年中《ねんちゅう》の赤組《あかぐみ》さんだ。兄《にい》ちゃんと同《おな》じ保育園《ほいくえん》だよ。運動会《うんどうかい》もやったよ。兄《にい》ちゃんはかけっこで一位《いちい》だった。オレは転《ころ》んだけどね。でもダンスは「上手《じょうず》だね。」ってほめてもらったんだよ。ばあちゃんとじいちゃんに、運動会《うんどうかい》のことを話《はな》してあげた。「頑張《がんば》ったなあ。」ってほめてくれたよ。それから大っきいじいちゃんにご挨拶《あいさつ》にいった。大っきいじいちゃんは一生懸命《いっしょうけんめい》しゃべるけど、なんて言《い》ったのかよくわからない。今日《きょう》もお口《くち》を開《あ》けている。

「どうして、しゃべれなくなっちゃったの？　えー？　オレたちのこと、忘《わす》れちゃったの？　なんで？」

「今日《きょう》は、だめみたいだねえ。昨日《きのう》はよかったんだけど。」

「何《なに》がだめなの、ばあちゃん？」

「大っきいじいちゃんはね、いろんなことがわかる時《とき》と、わからない時《とき》があるんだよ。」

ふうん、てオレは言《い》ったけど、何《なん》でだろう？

「おい、リョウヤ。もう行《い》こうぜ。」

兄《にい》ちゃんが、お外《そと》へ走《はし》ってく。

「まってよー。オレも行《い》く。」

走《はし》ったら何《なん》でだろう、は忘《わす》れちゃった。

ばあちゃんが、公園《こうえん》に連《つ》れてってくれた。静岡《しずおか》に来《く》るとやりたいことがたくさんある。ビデオ屋《や》さんにも行《い》きたいし。ケイタがいるとお母《かあ》さんだけじゃ三人《さんにん》を連《つ》れて公園《こうえん》行《い》くのは無理《むり》だって、普通《ふつう》の日《ひ》はどっこも連《つ》れてってもらえなかったんだ。だから静岡《しずおか》に来《き》たら、いろんなことをいっぱいするんだ。

それに名古屋《なごや》でオレたちは、ずうっと怒《おこ》られてたんだよ。ケイタのせいだよ。ケイタは動《うご》くようになった。ひっくり返《かえ》るし。発見《はっけん》したのは兄《にい》ちゃんだった。「すごいね。」ってほめてやったのに、オレたちのおもちゃを食《た》べるんだよ。だから、お母《かあ》さんが「片《かた》づけなさい。」って怒《おこ》る。すごく怖《こわ》いよ。「おもちゃを襲《おそ》うケイタが悪《わる》いよ。ケイタに怒《おこ》ってよ。」兄《にい》ちゃんが泣《な》きながら言《い》った。オレもそうだよって泣《な》いたよ。

「ケイタは赤《あか》ちゃんだから、まだわかんないんだよ。だから、みんなで気《き》をつけてあげなくちゃいけないの。口《くち》に入《い》れたものを飲《の》んじゃったら、息《いき》ができなくなっちゃうんだよ。」

でもさ、オレたちだって遊《あそ》びたいよ。

ブロックで飛行機《ひこうき》を作《つく》るのがオレと兄《にい》ちゃんは大好《だいす》き。二段飛行機《にだんひこうき》が得意《とくい》。この上《うえ》の段《だん》の飛行機《ひこうき》は離《はな》れるんだ。それでヒューンって飛《と》んでって、また合体《がったい》するんだ。かっこいいんだよ。でもそれをケイタは壊《こわ》すし、そのブロックを口《くち》に入《い》れて食《た》べてる。オレたちはケイタの口《くち》が動《うご》いてると、人差《ひとさ》し指《ゆび》を入《い》れて取《と》り出《だ》す。あっ、これはキャラメルのおまけについてた怪獣《かいじゅう》の頭《あたま》。体《からだ》がない。アーン、どっかにやられた。オレが泣《な》いたら、兄《にい》ちゃんが探《さが》してくれた。「ちゃんと片《かた》づけないから、こういうことになるんだよ。」またお母《かあ》さんに怒《おこ》られた。ケイタのやつめ。

「ケイタを、踏《ふ》まないように気《き》をつけて。」

なんて言《い》うけど、ケイタがオレたちの遊《あそ》んでる方《ほう》に来《く》るんだ。逃《に》げても逃《に》げてもケイタはやってくる。お家《うち》は狭《せま》い。もう逃《に》げるところなんかないよ。だからケイタが悪《わる》いのに。ケイタをどっかにやってよ。名古屋《なごや》にいる時《とき》のお母《かあ》さんはいつも怒《おこ》ってて怖《こわ》い。でも、静岡《しずおか》に来《く》るとちょっと優《やさ》しくなる。やっぱり静《しず》岡《おか》はいいよ。お母《かあ》さんも静岡好《しずおかす》きだって。

「ほら、あの山《やま》を見《み》てごらん。あの山《やま》は全部《ぜんぶ》、木《き》でできてるんだよ。いろんな色《いろ》の緑《みどり》があるね。生《は》えてる木《き》の一本一本《いっぽんいっぽん》が違《ちが》う色《いろ》の緑《みどり》なんだよ。あんなにたくさん緑色《みどりいろ》があるんだよ、すごいよね。風《かぜ》が吹《ふ》くとほら、枝《えだ》が揺《ゆ》れて踊《おど》ってるみたい。しー。静《しず》かにしてみて。…聞《き》いてごらん、優《やさ》しい音《おと》がするよ。…聞《き》こえる？　あっ、山《やま》の匂《にお》いがしてきた。あー、いい匂《にお》い。」

お母《かあ》さんは散歩《さんぽ》に行《い》って、毎日同《まいにちおな》じこと言《い》うんだよ。

「葉《は》っぱの間《あいだ》から、お日様《ひさま》がキラキラ光《ひか》ってる。きれいねえ。」

ケイタにも言《い》ってる。ケイタも、あっちこっち見《み》て「うおー、おうー。」おしゃべりしてる。楽《たの》しそうだ。ケイタも、お母《かあ》さんも、オレも兄《にい》ちゃんもみんなご機嫌《きげん》。

「お母《かあ》さん、あのねー。」

お母《かあ》さんを追《お》いかけて大っきいじいちゃんのお部屋《へや》に入《はい》ったら、お母《かあ》さんが大っきいじいちゃんのお布団《ふとん》をめくった。

「何《なに》してんの？」

兄《にい》ちゃんが、聞《き》いたのにお母《かあ》さんは、「んー？」って言《い》うだけ。

「おじいちゃん、おむつ替《か》えようね。はい、横《よこ》にするよー。ここ、持《も》っててね。」

「おお。」

大っきいじいちゃんはすぐにお返事《へんじ》した。今日《きょう》はわかってる日《ひ》みたいだ。

「はい、拭《ふ》くよー。」

「うえー、ウンチだー。くせー。」

兄《にい》ちゃんが、逃《に》げてった。お母《かあ》さんが、オレの方《ほう》を見《み》た。なんか言《い》うのかなって思《おも》った。だけど何《なに》にも言《い》わないで、大っきいじいちゃんのおしりを拭《ふ》き始《はじ》めた。オレは怒《おこ》られるのかと思《おも》って、少しドキッてしちゃったよ。オレは黙《だま》って見《み》ていた。

「はい、今度《こんど》はお湯《ゆ》できれいにするからねー。」

お母《かあ》さんのすることを、オレはずっと見《み》てた。

「はい、上向《うえむ》くよー。はい、閉《と》じるからね。…これでオシマイ。おつかれさま。冷《ひ》えるといかんで、布団《ふとん》かけとくでね。」

お母《かあ》さんは大っきいじいちゃんの脚《あし》を、ゆっくりゆっくり伸《の》ばして、布団《ふとん》の中《なか》に入《い》れる。

「大っきいじいちゃん、大丈夫《だいじょうぶ》？」

オレは、ベッドに走《はし》っていった。

「ああ、大丈夫《だいじょうぶ》だよ。」

笑《わら》っていつもより元気《げんき》に答《こた》えた。よかった。

「また、何《なに》かあったら呼《よ》んでね。」

お母《かあ》さんはトイレにウンチを捨《す》てて、オムツを片《かた》づけて、手《て》を洗《あら》って、それからテレビのあるお部屋《へや》に帰《かえ》っていった。オレはお母《かあ》さんの後《あと》をずっとついて歩《ある》いた。お母《かあ》さんが座《すわ》ったので、オレも横《よこ》に座《すわ》った。そして聞《き》いた。

「ねえ、なんで、大っきいじいちゃんは自分《じぶん》でウンチしないの？」

「できないんだよ。……一人《ひとり》でしたくても自分《じぶん》じゃあできないんだよ。」

「えっ、できないの？　どうして？」

兄《にい》ちゃんがいつの間《ま》にか戻《もど》ってきて、オレたちの話《はなし》に入《はい》ってきた。

「年《とし》をとると、だんだん体《からだ》が動《うご》かなくなってくるんだよ。…ケイタはおむつ替《か》えるのも、おっぱい飲《の》むのも、全部《ぜんぶ》人《ひと》にやってもらわないとできないでしょう？　大人《おとな》は年《とし》をとると、また赤《あか》ちゃんみたいになっちゃうんだよ。赤《あか》ちゃんみたいに、誰《だれ》かに手伝《てつだ》ってもらわないと、なんにもできなくなっちゃうんだよ。」

「大っきいじいちゃんだけでしょ？」

オレはドキドキしながら聞《き》いたんだ。

「違《ちが》うよ。みんなだよ。みぃんな、年《とし》をとるんだよ。お母《かあ》さんだって、年《とし》をとるんだよ。」

「オレも、年《とし》をとるの？」

「そうだよ。みんなだよ。」

「じゃあ、おもちゃで遊《あそ》べないの？」

「そうだよ。大っきいじいちゃんは、本《ほん》も読《よ》めなくなっちゃったし、お部屋《へや》にテレビがあっても見《み》れなくなっちゃったよね。ご飯《はん》だって一人《ひとり》じゃ、うまく食《た》べられないんだよ。大好《だいす》きなお菓子《かし》も、食《た》べられなくなっちゃたんだよ。」

「えー、そんなのやだよ。」

兄《にい》ちゃんの言葉《ことば》に、オレだってそうだよ、って思《おも》った。

「お母《かあ》さんだって、いやだよ。でもね、年《とし》をとらない人《ひと》はいないんだよ。ウンチを人《ひと》にとってもらうのを喜《よろこ》ぶ人《ひと》もいないよ。いやだけど、自分《じぶん》でできなくなっちゃうんだよ。さっきユウトは『臭《くさ》い』って言《い》ったね。でもユウトが、みんなの前《まえ》でウンチをもらしちゃったらどうする？」

「やだ。絶対《ぜったい》やだ。」

「そうでしょう。大っきいじいちゃんも、いやだよ。いやでも人《ひと》にとってもらうしかないんだよ。自分《じぶん》じゃできないんだからね…。そんな時《とき》、臭《くさ》いって言《い》われたら辛《つら》いよ。お母《かあ》さんもマサヨシお兄《にい》ちゃんを産《う》んだ時《とき》、手術《しゅじゅつ》したから痛《いた》くて動《うご》けなくて、看護婦《かんごふ》さんにベッドの上《うえ》でとってもらったんだよ。辛《つら》くてすごく恥《は》ずかしかった。そんな時《とき》に臭《くさ》いって言《い》われたら、もっと辛《つら》かったと思《おも》うよ。だからね、お母《かあ》さんは大っきいおじいちゃんにも悲《かな》しい思《おも》いをしてほしくないんだよ。」

「……オレ、大っきいじいちゃんにひどいこと言《い》った。…どうしよう？　オレ…謝《あやま》ってくる。」

兄《にい》ちゃんは、泣《な》きそうになった。

「大丈夫《だいじょうぶ》。…許《ゆる》してくれるよ。ユウトはいい子《こ》だもん。大っきいじいちゃんもわかってくれるよ。」

「お母《かあ》さんのウンチ、オレがとってやるよ。」

「…ありがとう、リョウちゃん。でも臭《くさ》いよ。」

「でも、お母《かあ》さんはオレが赤《あか》ちゃんの時《とき》、ウンチをとってくれたんでしょう？ケイタのウンチをとる時《とき》、いつも『いいウンチしたね。』ってほめてるじゃん。だからオレもするよ。」

「オレだって、やるさ。」

兄《にい》ちゃんも大きい声《こえ》で言《い》った。お母《かあ》さんは、オレと兄《にい》ちゃんをギュウしてくれた。ありがとねって。

オレはその日《ひ》から、大っきいじいちゃんに、おもちゃを持《も》ってってあげることにした。だって一人《ひとり》じゃおもちゃのあるところへ行《い》けないからね。

「これはね、こうして投《な》げるんだよ。そう、上手《じょうず》だよ。もう一回《いっかい》やってみようか？　そうそう、なかなかいいよ。」

それでね、ボールの投《な》げ方《かた》を教《おし》えてあげたよ。合体《がったい》するロボットは、オレがサンタさんからもらった大事《だいじ》なおもちゃだけど、大っきいじいちゃんには特別《とくべつ》に、使《つか》い方《かた》も教《おし》えて貸《か》してあげたんだ。大っきいじいちゃんは、うれしそう。これはかっこいいからね。

「あとは、こっちのおもちゃで遊《あそ》んでてね。オレは外《そと》いってくるで。あきるといかんで、他《ほか》のおもちゃも後《あと》から持《も》ってきてあげるでね。」

「おお、ありがとう。」

大っきいじいちゃんは笑《わら》った。よかった。やっぱり大っきいじいちゃんも遊《あそ》びたかったんだ。ばあちゃんとお母《かあ》さんも笑《わら》ってる。オレはちょっと嬉《うれ》しくて恥《は》ずかしかったから、走《はし》ってお外《そと》へ出《で》た。

大っきいじいちゃんは寝返《ねがえ》りも自分《じぶん》ではできない。本当《ほんとう》に赤《あか》ちゃんみたいになるんだね。二時間《にじかん》おきに、夜《よる》も昼《ひる》も体《からだ》の向《む》きを変《か》えてあげなくちゃいけない。そうしないと「床《とこ》ずれ」っていって体《からだ》が腐《くさ》ってきちゃうんだって。すごく痛《いた》いんだって。大変《たいへん》だ。そうならないように、いろんな向《む》きに変《か》えてやるんだ。足《あし》も動《うご》かないからゆっくり伸《の》ばしたり、縮《ちぢ》めたりして運動《うんどう》しなくちゃならない。

「痛《いた》い、痛《いた》い。」って苦《くる》しそう。

大っきいじいちゃんはもう何年《なんねん》も前《まえ》から、自分《じぶん》で立《た》って歩《ある》くことができなかった。寝《ね》たきりになってから、足《あし》がカチカチになっちゃったんだ。でも運動《うんどう》しないと、もっと動《うご》かなくなって、痛《いた》くなるから、こうして時々《ときどき》お母《かあ》さんやばあちゃんが運動《うんどう》させてあげる。痛《いた》そうだから見《み》てるとオレも力《ちから》が入《はい》っちゃう。

「頑張《がんば》れ。」

兄《にい》ちゃんと応援《おうえん》する。

静岡《しずおか》は、前《まえ》に来《き》たときより涼《すず》しくなっていた。田《た》んぼでトラクターが稲《いね》を刈《か》ってる。ロボットみたいなんだ。トラクターの上《うえ》に操縦《そうじゅう》するおじさんが乗《の》ってる。でも戦《たたか》う相手《あいて》は怪獣《かいじゅう》じゃない。稲《いね》だ。お米《こめ》だ。そしてトラクターが後《うし》ろから草《くさ》を吹《ふ》き出《だ》す。お米《こめ》を採《と》って、いらないものをトラクターの中《なか》で短《みじか》く切《き》って、後《うし》ろから出《だ》してるんだって。

「ブーって、おならしてるみたいだ。」

お兄《にい》ちゃんが面白《おもしろ》いことを言《い》うから、みんなで、ハハハって笑《わら》ったよ。

あっちこっちの田《た》んぼの中《なか》はトラクターの噴出《ふきだ》した稲《いね》で埋《う》まってる。その田《た》んぼの真《ま》ん中《なか》に通《とお》ってる道路《どうろ》を、オレたちはお散歩中《さんぽちゅう》。赤《あか》とんぼがたくさん飛《と》んでる。すごいや、こんなにたくさん飛《と》んでるのなんて初《はじ》めて見《み》たよ。これならオレでも捕《つか》まえられそうだ。網《あみ》を立《た》ててたら勝手《かって》に入《はい》ってきそうだもん。兄《にい》ちゃんは五匹《ごひき》も捕《つか》まえた。あれ？　オレは、へたくそ。一匹《いっぴき》も捕《つか》まえられない。なんでだ？　おかしいよ。こんなにたくさんいるのに。でも山《やま》の近《ちか》くの道路《どうろ》で、栗《くり》を見《み》つけたのはオレだったよ。とげとげのまま落《お》ちてた。お母《かあ》さんが靴《くつ》で踏《ふ》んで剝《む》いてくれた。中《なか》から、三つも出《で》てきたんだ。

「大きい栗《くり》だね。よかったね。」

うん、て頷《うなず》いて大っきいじいちゃんに見《み》せてやろうと思《おも》った。マツボックリが、あっちこっちにたくさん落《お》ちてた。全部《ぜんぶ》持《も》って帰《かえ》ろうと思《おも》ったけど無理《むり》だった。ケイタにも一個《いっこ》あげるよ。あっ、食《た》べちゃだめだよ。ケイタはすぐに食《た》べちゃうんだから。

マツボックリと栗《くり》を三つ持《も》って帰《かえ》ってきたら、近所《きんじょ》のおばちゃんに会《あ》った。みんなでご挨拶《あいさつ》。「いい子《こ》だね。」っておばちゃんは柿《かき》をくれた。橙《だいだい》色《いろ》でつるつるしてて、重《おも》かった。木《き》の枝《えだ》と葉《は》っぱがついてたよ。

「そうだよ、柿《かき》は木《き》になるんだよ。ほらあそこにいっぱいなってるでしょ。」

お母《かあ》さんが指差《ゆびさ》したところの木《き》の枝《えだ》に橙《だいだい》色《いろ》の実《み》がたくさんついてた。下《した》にも落《お》ちてた。グチャってつぶれてた。何《なん》でこんなところに落《お》ちてるの？　えー、熟《じゅく》し過《す》ぎるとひとりでに落《お》ちちゃうの。「ジュクす」って何《なに》？　ふーん、軟《やわ》らかくなることか。

お母《かあ》さんが、皮《かわ》を剝《む》いてくれた。美味《おい》しいけど種《たね》があるから、うまく食《た》べられないよ。お母《かあ》さんが、種《たね》を取《と》ってくれた。うん、こっちの方《ほう》が食《た》べやすい。甘《あま》くて美味《おい》しいね。大っきいじいちゃんにもあげようと思《おも》ったのに、硬《かた》くて食《た》べられないから、もっと軟《やわ》らかくなったらあげようねだって。だから代《か》わりに栗《くり》を見《み》せてあげたんだよ。オレが拾《ひろ》ったんだよって。大っきいじいちゃんは、驚《おどろ》いてくれたよ。「大きいなあ。」って。

## 一九九八年十月中旬《ちゅうじゅん》

静岡《しずおか》から帰《かえ》ったら、大変《たいへん》なことになった。お父《とう》さんが、『テンキン』になったんだ。『イバラキ』に行《い》くんだって。すごおく遠《とお》いところだって。お母《かあ》さんは、毎日《まいにち》泣《な》いた。兄《にい》ちゃんもお友達《ともだち》と離《はな》れたくないって泣《な》いた。オレは、…どっちでもいい。だってよくわからない。でもお父《とう》さんは二週間《にしゅうかん》で出発《しゅっぱつ》だ。毎《まい》日《にち》お別《わか》れ会《かい》をやってもらって、すぐいなくなっちゃった。ケイタが一歳《いっさい》になったら、オレたちもイバラキに行《い》くんだって。

お父《とう》さんがいなくなって、オレたちは休《やす》みの日《ひ》にも、公園《こうえん》に連《つ》れてってもらえなくなった。退屈《たいくつ》だ。つまんない。

お母《かあ》さんはいつも「眠《ねむ》い、眠《ねむ》い。」って言《い》ってる。ケイタが全然《ぜんぜん》寝《ね》ないんだ。寝《ね》ないだけじゃなくて、いたずらもいっぱいする。摑《つか》まり立《だ》ちをするから机《つくえ》の上《うえ》も安全《あんぜん》じゃなくなった。オレたちの大切《たいせつ》なものはテレビがあるサイドボードの上《うえ》にしか、もう置《お》くところがない。オレたちはおもちゃを使《つか》うたびに、よじ登《のぼ》らなければならない。お母《かあ》さんもケイタがさわっちゃいけないものを置《お》くし、オレたちのおもちゃも載《の》ってるから、サイドボードの上《うえ》はごちゃごちゃになった。困《こま》るのはそれだけじゃない。オレたちが遊《あそ》ぶものはなんでもやりたがるから、オレたちは何《なん》にもできなくなった。お絵《え》かきしてるとクレヨンを食《た》べちゃうんだ。カルタ取《と》りも大好《だいす》きなんだけど、すぐにケイタがやってきて、めちゃめちゃにする。それでも頑張《がんば》ってやってると、ないカードがあるんだ。探《さが》すとケイタが舐《な》めてベロベロにしていた。「あー、もう使《つか》えなくなっちゃったじゃないー。舐《な》めたらだめでしょう。」

お母《かあ》さんがケイタに怒《おこ》っている。そうだよ、もっと怒《おこ》って。ケイタはワルなんだから。

ご飯《はん》もケイタは赤《あか》ちゃん用《よう》のものしか食《た》べちゃいけないのに、オレたちの食《た》べてるものを奪《うば》って食《た》べちゃう。オレたちがテレビを見《み》てて、お母《かあ》さんが台所《だいどころ》へ行《い》ってる間《あいだ》に、お母《かあ》さんのお皿《さら》からハンバーグが消《き》えた。犯人《はんにん》はやっぱりケイタだ。ケイタがいるとご飯《はん》もおやつもゆっくり食《た》べられない。寝《ね》ててくればいいのに。だけど寝《ね》てる時間《じかん》は少《すこ》しだけ。オレたちよりも夜遅《よるおそ》く起《お》きてて、ちょっとだけ寝《ね》て、また夜中《よなか》に起《お》きて遊《あそ》ぶ。オレたちが保育園《ほいくえん》へ行《い》ってる間《あいだ》に寝《ね》て、帰《かえ》ってくると邪魔《じゃま》するのがお仕事《しごと》。

そしてベビーカーから何度《なんど》も転《ころ》がり落《お》ちて、病院《びょういん》へ何回《なんかい》も行《い》った。チャイルドシートにもおとなしく座《すわ》っていない。「おりたいよー。」ってずっと泣《な》いて、時々《ときどき》抜《ぬ》け出《で》て立《た》っている。お母《かあ》さんは「えらい、えらい。」と言《い》って、お家《うち》で寝込《ねこ》むことが多《おお》くなった。そしてケイタも怒《おこ》られるようになった。当《あ》たり前《まえ》だよ。悪《わる》いことばっかりやるんだから。だけどケイタだけじゃないんだよ、叱《しか》られるのは。オレたちも、もっと怒《おこ》られるようになった。静岡《しずおか》に行《い》きたいけど、お母《かあ》さんだけじゃ行《い》けないからだめだって。また「こだま」に乗《の》りたいよ。ばあちゃんに会《い》いたいよ。

# 二章 ── 晩《ばん》秋《しゅう》

## 一九九八年十一月三十日

おばあちゃんが名古屋《なごや》に来《き》てくれることになった。お母《かあ》さんが大変《たいへん》だから、お手伝《てつだ》いに来《き》てくれるんだよ。大っきいじいちゃんは、『ショートステイ』といって、よそへお泊《と》まりするんだって。保育園《ほいくえん》が終《お》わったら、皆《みんな》で駅《えき》に迎《むか》えにいったよ。ばあちゃんは、マスクをしてきた。風邪《かぜ》をひいちゃったんだって。ケイタに、移《うつ》っちゃいけないから、マスクしてきたんだって。だからケイタは、ばあちゃんがわからなかった。マスクとったら、ばあちゃんだってわかって喜《よろこ》んだ。みんなで大笑《おおわら》いしたよ。ばあちゃんもお母《かあ》さんも嬉《うれ》しそう。オレも嬉《うれ》しい。ご飯《はん》も楽《たの》しかった。みんなで食《た》べると美味《おい》しいね。お母《かあ》さんは、久《ひさ》しぶりにゆっくりお風呂《ふろ》に入《はい》れたって喜《よろこ》んでた。オレも、久《ひさ》しぶりにばあちゃんとお風呂《ふろ》でゆっくり遊《あそ》べて嬉《うれ》しかったよ。夜寝《よるね》る時《とき》には、お布団《ふとん》の中《なか》でみんなでおしゃべりしたよ。明日《あした》はお買《か》い物《もの》して、公園《こうえん》へ行《い》く約束《やくそく》をした。どこへ行《い》こうかな？　何《なに》か買《か》ってもらおうかな？　兄《にい》ちゃんと相談《そうだん》したんだ。なかなか決《き》まらなくって寝《ね》れなくなっちゃったよ。早《はや》く、明日《あした》にならないかなあ。

朝《あさ》ご飯《はん》も、みんなで食《た》べると楽《たの》しいね。ご飯《はん》の時《とき》も兄《にい》ちゃんとずっと考《かんが》えて、『ヨシズヤ』に行《い》こうってやっと決《き》まった。ヨシズヤは何《なん》でも売《う》ってるスーパーマーケットだ。ヨシズヤだったらお菓子《かし》も買《か》えるし、おもちゃ屋《や》さんもある。ああ、楽《たの》しみ。

今日《きょう》は保育園《ほいくえん》へ行《い》くのもおばあちゃんと一緒《いっしょ》だ。三人《さんにん》で手《て》をつないで行《い》くんだ。オレたちは今日《きょう》の予定《よてい》をばあちゃんと、何度《なんど》も確《たし》かめながら歩《ある》く。ぜったい、ぜったいだよって。階段《かいだん》を下《お》りて、門《もん》の方《ほう》へ歩《ある》いていった時《とき》、お母《かあ》さんの声《こえ》がした。上《うえ》を見《み》ると、五階《ごかい》のベランダから何《なに》か大きい声《こえ》で言《い》ってる。また忘《わす》れ物《もの》したかな？

「大っきいじいちゃんが、死《し》んだって。」

ばあちゃんは、何《なん》にも言《い》わなかった。黙《だま》ってオレたちの手《て》を引《ひ》っ張《ぱ》ってお家《うち》に戻《もど》り、それから静岡《しずおか》に帰《かえ》ることになった。

ばあちゃんに保育園《ほいくえん》に送《おく》ってもらうはずだったのに、オレたちがばあちゃんを駅《えき》に送《おく》っていった。ばあちゃんが帰《かえ》っちゃって、オレたちはまたオレたちだけになり、いつものとおりお母《かあ》さんに送《おく》られて保育園《ほいくえん》へ行《い》った。約束《やくそく》したお買《か》い物《もの》も行《い》けなくなった。

**一九九八年十二月一日**

大っきいじいちゃんのお葬式《そうしき》をするために、みんなで新幹線《しんかんせん》に乗《の》って静岡《しずおか》へ来《き》た。今度《こんど》は前《まえ》と違《ちが》って全然楽《ぜんぜんたの》しくなかったよ。

静岡《しずおか》の家《いえ》に着《つ》いたら知《し》らない人《ひと》が大勢《おおぜい》いた。大っきいじいちゃんは、大っきいじいちゃんのお部屋《へや》で、ベッドじゃなくてお布団《ふとん》で寝《ね》てた。頭《あたま》の上《うえ》のほうに長《なが》いお線香《せんこう》が立《た》ててあった。知《し》らないおじちゃんや、おばちゃんがお部屋《へや》にいてお話《はなし》してる。

「ごめんね。こっちに来《き》てもらったばっかりに。」

お母《かあ》さんは泣《な》いた。大っきいじいちゃんはショートステイでお泊《と》まりした朝《あさ》、ご飯《はん》を食《た》べていて、喉《のど》に詰《つ》まっちゃったんだって。息《いき》ができなくなっちゃったんだよ。

「運命《うんめい》だったんだよ。寿命《じゅみょう》だったんだよ。」

大っきいじいちゃんの横《よこ》に座《すわ》っていたおばちゃんがお母《かあ》さんに言《い》った。それでもお母《かあ》さんはずっと泣《な》いていた。

お家《うち》の中《なか》に大きな飾《かざ》りがいっぱいあって、いつもと違《ちが》う家《うち》みたい。お線香《せんこう》の匂《にお》いがどの部屋《へや》にもしてる。ばあちゃんはずっと怖《こわ》い顔《かお》をして、動《うご》き回《まわ》ってて、話《はな》す暇《ひま》もない。おじいちゃんも、忙《いそが》しそうにあっちこっち走《はし》り回《まわ》ってる。オレたちはなんだか話《はなし》をしちゃいけないような気《き》がして、兄《にい》ちゃんと小《ちい》さな声《こえ》で遊《あそ》んだ。全部《ぜんぶ》がいつもと違《ちが》う。オレはお母《かあ》さんに聞《き》いてみた。

「ねえ、お母《かあ》さん。大っきいじいちゃん、死《し》んじゃったんでしょ？」

「そうだよ。」

「でも、大っきいじいちゃん…いるよ。」

「……ああ、そうだね。…あのね、死《し》んじゃうってのはね。体《からだ》はあそこにあっても、魂《たましい》がないってことなんだよ。」

「魂《たましい》がない、ってどういうこと？」

「魂《たましい》がないとね、もうしゃべることはできないし、動《うご》くこともできないんだよ。死《し》ぬってことは、なんにもできなくなっちゃうってことなんだよ。…もう、大っきいじいちゃんとお話《はなし》することは、できなくなっちゃったんだよ。」

「ふーん、じゃあ死《し》んじゃったら、その後《あと》どうなるの？」

「うーん、それはわかんない。…どうなるんだろうねえ。」

「えーっ、お母《かあ》さんにもわかんないの？」

「そうだよ。わかんない…。だけど生《う》まれる前《まえ》にいたところに、帰《かえ》るんじゃないかなとお母《かあ》さんは思《おも》う。そこでまた生《う》まれてくるのを待《ま》つんじゃないかな。……でもね、体《からだ》はなくなっても心《こころ》は残《のこ》るよ。マサヨシお兄《にい》ちゃんも、大っきいじいちゃんもいつだってみんなと一緒《いっしょ》にいてくれると思《おも》うよ。そしてみんなを見守《みまも》ってくれるよ、きっと。…まだこんな話《はなし》はわからないかもしれないけどね。」

「わかるよ。」

「オレも。」

お母《かあ》さんは笑《わら》って、オレたちの頭《あたま》をゆっくり、イイコイイコしてくれた。とっても気持《きも》ちよかった。オレはその時《とき》、本当《ほんとう》にわかったような気《き》がしたんだ。

「ねえ年《とし》をとると、みんな死《し》んじゃうんでしょ？」

兄《にい》ちゃんが聞《き》いた。

「そうだよ。」

それを聞《き》いてオレは、すごくびっくりした。

「やだね。」

兄《にい》ちゃんが言《い》った。

「うん、お母《かあ》さんもヤダ。」

「でも、死《し》なない人《ひと》もいるんでしょ？」

オレは、そうだよって言《い》ってほしかった。

「いないよ。みんな死《し》んじゃうんだよ。みんないやだけど年《とし》をとるし、病気《びょうき》にもなるし、死《し》んでいくんだよ……。マサヨシお兄《にい》ちゃんは大きくなる前に、赤ちゃんのまま死《し》んじゃったよね。おもちゃで遊《あそ》びたかったし、遊園地《ゆうえんち》にも行《い》きたかったのに、何《なに》ひとつできなかった。……だから生《い》きているのは、もうそれだけですごいことだとお母《かあ》さんは思《おも》う。意味《いみ》のあることだと思《おも》う。だからこそ神様《かみさま》がくださった時間《じかん》を、毎日大切《まいにちたいせつ》に生《い》きていかないとね。今《いま》こうやって健康《けんこう》でいられるのは、それだけで幸《しあわ》せなことなんだよ。ありがたいことなんだよ。」

「うん。」

オレたちは少《すこ》し元気《げんき》のない声《こえ》で答《こた》えた。お母《かあ》さんの話《はなし》は少《すこ》しショックだったから。


次《つぎ》の日《ひ》、お坊《ぼう》さんが大勢《おおぜい》来《き》た。お坊《ぼう》さんはみんな頭《あたま》がつるつるで、青《あお》と黄色《きいろ》の着物《きもの》を着《き》ている。みんなでお経《きょう》をあげて、鐘《かね》や、鈴《すず》や、大きなシンバルみたいなのをジャンジャン鳴《な》らした。すごい音《おと》だったよ。お家《うち》の中《なか》だけじゃなくてお庭《にわ》にも人《ひと》がいっぱいいた。

「大っきいじいちゃんに、お別《わか》れしなさい。もう会《あ》えないからね。可愛《かわい》がってくれてありがとうって言《い》ってあげて。」

長《なが》い木《き》の箱《はこ》に大っきいじいちゃんは寝《ね》ている。死《し》んじゃってるのに、お話《はなし》できないのに、オレの声《こえ》が聞《き》こえるのかな？　オレはちょっと不思議《ふしぎ》だった。でも大っきいじいちゃんは、とてもやさしい顔《かお》をしていた。もう苦《くる》しくないんだね。気持《きも》ちよさそうに寝《ね》ているよ。大っきいじいちゃんを見《み》ていたら、オレがご挨拶《あいさつ》するのを、聞《き》いてくれている気《き》がした。ばいばい、大っきいじいちゃん。ありがとう。

「おじいちゃんは、この世《よ》でのお仕事《しごと》を終《お》えたんだよね。お疲《つか》れ様《さま》でした。いいご縁《えん》をありがとうございました。どうぞ明《あか》るいところへ行《い》ってください。」

お母《かあ》さんは、手《て》を合《あ》わせて言《い》った。どういう意味《いみ》なのかわからなかったけど、オレはもう聞《き》かなかった。お葬式《そうしき》はとても不思議《ふしぎ》なことばっかりだから、きっともうオレにはわからないと思《おも》ったから。

お別《わか》れのご挨拶《あいさつ》のあとは、いろんなところへバスで行《い》って、帰《かえ》ってきて、またお経《きょう》をあげて、夕《ゆう》ご飯《はん》を食《た》べたら、あっという間《ま》に人《ひと》がいなくなった。あとにはいつものようにじいちゃんとばあちゃんと、それからおじちゃんが残《のこ》った。

なんだかいつものお家《うち》より広《ひろ》く感《かん》じた。

どこへも遊《あそ》びに行《い》けなくて、ばあちゃんやじいちゃんとゆっくりお話《はなし》をする暇《ひま》もなくって、オレたちも名古屋《なごや》へ帰《かえ》る。大っきいじいちゃんへのお帰《かえ》りのご挨拶《あいさつ》は写真《しゃしん》になった。今度《こんど》こそ本当《ほんとう》に大っきいじいちゃんはどこにもいなくなった。

# 三章 ——そしてオレは…

## 一九九九年夏《なつ》　静岡《しずおか》

お墓《はか》の後《うし》ろにある林《はやし》から、セミが大きな声《こえ》で鳴《な》いているのが聞《き》こえる。煩《うるさ》いくらいだ。お掃除《そうじ》して、手《て》を合《あ》わせてお参《まい》りしてたら、背中《せなか》が痛《いた》くなった。アチチィ。お線香《せんこう》のけむたい匂《にお》いが、熱《あつ》い空気《くうき》と一緒《いっしょ》に鼻《はな》に入《はい》ってきた。

「暑《あつ》いよー。喉《のど》が渇《かわ》いたー。」

「そうだね。じゃあ、もう帰《かえ》ろう。お参《まい》りも終《お》わったしね。」

今日《きょう》は、大っきいじいちゃんのお墓参《はかまい》りだ。オレと、にいちゃんとケイタとお母《かあ》さんと一緒《いっしょ》にきたんだ。道路《どうろ》から少《すこ》し高《たか》くなったお山《やま》に、田《た》んぼを見下《みお》ろして新《あたら》しいお墓《はか》がある。大っきいじいちゃんは、死《し》んで骨《ほね》になった。だからお墓《はか》に入《はい》っている。それから土《つち》に帰《かえ》るんだって。魂《たましい》は天国《てんごく》に行《い》ったのに、どうして地面《じめん》の中《なか》へ帰《かえ》るんだろう？　どうしてって聞《き》いたら、人間《にんげん》は土《つち》から生《う》まれて、死《し》んで土《つち》に帰《かえ》って、それからまた生《う》まれ変《か》わってくるんだって。ええー？　人《にん》間《げん》は土《つち》から生《う》まれてくるの…？　え？　そういう意味《いみ》じゃないの？

うーん。この話《はなし》はオレにはよくわからない。ちょっと難《むずか》しい。

新《あたら》しいお墓《はか》は日当《ひあ》たりもいいし、大っきいじいちゃんが生《う》まれた土地《とち》をいつでも見下《みお》ろせるから、大っきいじいちゃんは喜《よろこ》んでるだろうねってお母《かあ》さんが言《い》った。そうか、うれしいのか。よかったね、大っきいじいちゃん。

オレたちは来月《らいげつ》イバラキに行《い》くことになった。今《いま》までみたいに、すぐに静岡《しずおか》に来《く》ることはできなくなる。イバラキにいくことはいいけど、静岡《しずおか》に来《こ》れなくなることは困《こま》る。しばらく来《こ》れなくなるから、今《いま》のうちにお墓参《はかまい》りしておくんだ。

ケイタは、一歳《いっさい》になった。今《いま》でもいろんなところから転《ころ》がり落《お》ちるし、走《はし》り回《まわ》るから、お母《かあ》さんは目《め》が離《はな》せないといっていつも怒《おこ》ってる。今《いま》も坂《さか》を走《はし》って降《お》りていくから、「危《あぶ》ないよー。」ってみんなで追《お》いかけたんだ。ケイタは笑《わら》って逃《に》げていく。追《お》いかけっこを喜《よろこ》んでる。お母《かあ》さんは怒《おこ》ってる。

「ねえ、大っきいじいちゃんのこと、覚《おぼ》えてる？」

ケイタを捕《つか》まえたお母《かあ》さんが聞《き》いた。

「うん、覚《おぼ》えてるよ。」

「オレだって。」

オレも兄《にい》ちゃんに負《ま》けないくらい早《はや》く、大きい声《こえ》で言《い》った。

「大きくなっても覚《おぼ》えててあげてね。覚《おぼ》えててもらうのが、大っきいじいちゃんは一番嬉《いちばんうれ》しいんだから。」

「うん。」

オレたちは一緒《いっしょ》に答《こた》えた。山《やま》に囲《かこ》まれた田《た》んぼの縁《ふち》を、細《ほそ》い道《みち》が通《とお》ってる。そこを伝《つた》って歩《ある》いていくと、ナツマツリをした公民館《こうみんかん》があって、そこを越《こ》えて竹《たけ》のトンネルを抜《ぬ》けると、ばあちゃんの家《いえ》がある。オレたちはみんなでその道《みち》を歩《ある》いてる。

今日《きょう》は朝《あさ》から青《あお》いお空《そら》のいい天気《てんき》だ。お母《かあ》さんは立《た》ち止《ど》まり田《た》んぼを見《み》て言《い》った。

「ねえ、ここから見《み》てごらん。こんな小《ちい》さな田《た》んぼが、集《あつ》まってるだけの場所《ところ》だけどね、お母《かあ》さんがユウトやリョウヤくらいの頃《ころ》には、ここが海《うみ》にみたいに大きく見《み》えたんだよ。」

「えっ、小《ちい》さくないよ。広《ひろ》いよ。おっきいよ。海《うみ》みたい。」

「へー、あんたたちには、まだそう見《み》えるんだ。」

そうか、そうかとお母《かあ》さんは嬉《うれ》しそうだ。

「この田《た》んぼに風《かぜ》が吹《ふ》くとね、稲《いね》の揺《ゆ》れる音《おと》がサヤサヤって聞《き》こえてきて、まるで波《なみ》みたいにうねるんだよ。それが、ずうううっと向《む》こうの山《やま》の方《ほう》まで流《なが》れていくの。風《かぜ》が通《とお》って行《い》くのが見《み》えるんだよ。いく筋《すじ》もいく筋《すじ》も流《なが》れていくの。

風《かぜ》が吹《ふ》く度《たび》に何度《なんど》も、何度《なんど》もね。それでね、同《おな》じ田《た》んぼが風《かぜ》のない時《とき》には、絨《じゅう》毯《たん》みたいに見《み》えるんだよ。生《は》え始《はじ》め稲《いね》は緑《みどり》の絨毯《じゅうたん》、稲《いね》が実《みの》ってくる頃《ころ》は、金《きん》色《いろ》の絨毯《じゅうたん》。この田《た》んぼの一面《いちめん》、色《いろ》が変《か》わるんだよ。それが綺麗綺麗《きれいきれい》で…。学《がっ》校《こう》の帰《かえ》りにお友達《ともだち》とつい見《み》とれちゃって、帰《かえ》るのが遅《おそ》くなっちゃったんだよ。」

「今《いま》は、緑《みどり》の絨毯《じゅうたん》だ。」

「ねえ、じゅうたんってなに？」

オレが聞《き》いた。

「絨毯《じゅうたん》は、下《した》に敷《し》くものだよ。ばあちゃん家《ち》の、肩《かた》をもむ機械《きかい》を置《お》いてある部屋《へや》に敷《し》いてあるじゃん、あれだよ。」

「ああ、あれか。わかったよ。」

「オレは、絨毯《じゅうたん》って知《し》ってたよ。お母《かあ》さん、オレも綺麗《きれい》だって思《おも》うよ。」

「ほんとぉ？　ユウトわかるの？　すごいねえ。でも、今《いま》はわからなくても、きっと大きくなってから思《おも》い出《だ》すよ。大っきいじいちゃんも、この景色《けしき》を見《み》て大きくなったんだよ。お母《かあ》さんもそうだったし、じいちゃんもそうだよ。どこに住《す》んでも、きっとここの景色《けしき》が世界《せかい》で一番綺麗《いちばんきれい》なところだって思《おも》うようになるよ。」

お母《かあ》さんはうっとりとした顔《かお》で言《い》う。

「えっ、大っきいじいちゃんも子供《こども》だったの？」

オレは驚《おどろ》いた。

「そうだよー。みんな生《う》まれたときは赤《あか》ちゃんで、リョウちゃんみたいに四歳《よんさい》になって、ユウトみたいに五歳《ごさい》になって、お母《かあ》さんみたいに大人《おとな》になって、それから年《とし》をとって、おじいちゃんになるんだよ。」

「じゃあ、お母《かあ》さんもいつか、じいちゃんになるの？」

「お母《かあ》さんは、じいちゃんにはならないよ、ばあちゃんになるんだよ。」

あっ、そうか。

「そうだよ、女《おんな》がばあちゃんになって、男《おとこ》がじいちゃんになるんだよ。ねっ、お母《かあ》さん？」

　ちょっと間違《まちが》えただけだよ。

「じゃあお母《かあ》さんは、いつばあちゃんになるの？」

「年《とし》をとれば、自然《しぜん》になるよ。それか、ユウトやリョウヤに赤《あか》ちゃんが生《う》まれたら、もうばあちゃんだねえ。」

「えっ、オレ、赤《あか》ちゃん産《う》むの？」

「リョウヤは、赤《あか》ちゃんを産《う》めないよ。」

　お母《かあ》さんは笑《わら》った。

「そうだよー。女《おんな》が産《う》むんだよ。ばかだな、リョウヤはー」

「じゃあ、どこの女《おんな》が赤《あか》ちゃん産《う》むの？」

「そりゃあ、リョウちゃんが結婚《けっこん》する人《ひと》だよ。」

「えー、オレ結婚《けっこん》するの？　いつ？」

「お母《かあ》さんはわからないよ。リョウヤが決《き》めるんだよ。」

あんまりお母《かあ》さんと兄《にい》ちゃんが笑《わら》うから、それはもういいことにした。

「じゃあさー、お母《かあ》さんがばあちゃんになったら、静岡《しずおか》のばあちゃんは何《なに》になるの？」

「大っきいばあちゃんになるんだよ。」

「えっ、そうだったのか。」

兄《にい》ちゃんもこれは知《し》らなかったんだ。よかった。

「ねえ、ねえ。ここから見《み》える夕焼《ゆうや》けも綺麗《きれい》なんだよ。昔《むかし》の子供《こども》は時計《とけい》なんて持《も》ってなかったから、夕焼《ゆうや》けがお家《うち》へ帰《かえ》る合図《あいず》だったんだよ。だからいつも空《そら》を気《き》にしてた。山《やま》に沈《しず》む太陽《たいよう》が、雲《くも》を真《ま》っ赤《か》に染《そ》めるのを見《み》ながら『カラスが鳴《な》くからカーエロ』って歌《うた》って帰《かえ》るんだよ。いろんな雲《くも》の形《かたち》があるから、赤《あか》い色《いろ》もいろんな色《いろ》があるんだよ。今日《きょう》の夕焼《ゆうや》けはすごいねえ、燃《も》えてるみたいだねえ、なんてお友達《ともだち》と騒《さわ》ぎながら家《いえ》へ帰《かえ》っていったんだよね。」

お母《かあ》さんは、小《ちい》さい頃《ころ》の話《はなし》をずうっとしながら歩《ある》いてく。お母《かあ》さんも子供《こども》だった時《とき》があるんだって。大人《おとな》なのに昔《むかし》は小《ちい》さかったんだって。不思議《ふしぎ》だ。オレは、山《やま》を見《み》た。田《た》んぼも見《み》た。同《おな》じ山《やま》や田《た》んぼを大っきいじいちゃんも見《み》たのかな？　子供《こども》の大っきいじいちゃんは、どんな顔《かお》をしていたのかな？　ぷっ、変《へん》だー。考《かんが》えたら、笑《わら》えてきた。

ばあちゃんも、じいちゃんも、大人《おとな》なのに昔《むかし》は子供《こども》だったんだ。いつ大人《おとな》になったんだ？　オレも大人《おとな》になるんだって。どうしたら大人《おとな》になるんだろう。なぜだ？　ずうっと考《かんが》えてたけど、よくわからなかった。

お空《そら》を見《み》た。ねえ、お母《かあ》さんすごく綺麗《きれい》な青色《あおいろ》だよ。白《しろ》い雲《くも》ってあんなに白《しろ》いんだね。お空《そら》って綺麗《きれい》だね。

オレが真《ま》っ暗《くら》で怖《こわ》いといった夜《よる》は、その代《か》わり星《ほし》が綺麗《きれい》に見《み》えるんだよってお母《かあ》さんが教《おし》えてくれた。

オレには、わからないことばかり。知《し》らないことだらけ。いろんなことが全《ぜん》部《ぶ》わかったら、オレも大人《おとな》になるのかな？

あの空《そら》に大っきいじいちゃんがいて見《み》ていてくれてるのかな？　マサヨシ兄《にい》ちゃんも一緒《いっしょ》にいるのかな？

いっぱい考《かんが》えてたら、なんだかおなかがすいてきた。

「お母《かあ》さん、お昼《ひる》は何《なに》？」

「ヤキソバだよ。」

「おー、やったー。オレ大《だい》好《す》き。食《た》べたら何《なに》して遊《あそ》ぶ？　ねえ兄《にい》ちゃん？」

# あとがき

以上は私どもが祖父の介護と、新しい命の誕生を、一年にわたり、当時三歳八ヵ月だった三男の目を通して見つめた物語です。文中に出てくる会話は、すべて彼らと私が実際に交わしたものです。時間の経過も本文の通りです。彼らの疑問に、幼いながらも事実を受け止め成長していくさまを見て、体が震えるほど感激したり、驚いたりの貴重な一年間でした。とくに、次男に比べて未熟なところが多かった三男が、冷静に祖父の変化を見つめているのには驚かされました。

私は曽祖父母と、一緒に住んで育ちましたが、転勤族の私の子供たちは核家族のため、老人と触れ合う機会があまりありませんでした。人は老い病んでゆくものだと、理解する機会がなかったのです。それが末っ子の誕生と同時に、私の実家の祖父（子供たちにとっては曽祖父にあたる、当時九十一歳の大っきいじいちゃんです）が、寝たきりになってしまいました。少しずつ変化していく祖父を見て、疑問をつのらせていったようです。

文中で私が祖父のオムツを替えるシーンがあります。私はその時、三男がなぜ兄と一緒に出て行かなかったんだろう、騒がれても邪魔になるから部屋を出そうかとも思いました。でも三男は静かに見守り、始末が終わった後、祖父のいないところで、私になぜ祖父が自分でトイレにいかないのかと問うたのです。祖父に気を使ったのです。この年で大人に対する思いやりがあるとは思ってもいませんでしたので、本当に驚きました。以下の会話は本文の通りですが、あの会話の後、彼らの中で思うことがあったようです。

母方の祖母─子供たちにとっては曽祖父母にあたる九十一歳の半済《はんせい》（土地名です）のおばあちゃんが─実家に泊まりにきた時、二人は、「トイレに行くのに迷ってはいけない」からと廊下に電気をつけ、手を引いてくれました（もちろん、迷うような広い家ではありません）。その後お風呂に入るのにも、二人で手を引いて連れていってくれたのです。お風呂から三男の声がします。

「ハンセイのおばあちゃん、こっちの水鉄砲は、うまく出んで、こっちの水鉄砲を使うといいよ。ほらこうしてやると、ここから水が出てくるでね。わからんかったら教えてやるで呼びなね」

母と思わず顔を見合わせて、笑ってしまいました。二人はあの会話で、他人に対するいたわりを学んでくれたようです。もちろん私がこうしなさい、と言ったわけではありません。

私のウンチを取ってあげるといってくれた時は、二人の言葉に涙ぐんでしまいました。末っ子のオムツ替えをみて、自分も愛されて育ったのだと理解してくれていたようです。忙しくてイラついて、怒ってばかりだったのに、そんな風に見ていてくれたのかと申し訳なく思いました。幼くてまだ何もわからないのだと思っていたのに、知らぬ間に成長していたのだと感激しました。兄の方は、今でもあの時の会話を悔やんでいます。この「後悔」はきっと、後々まで彼を育て、導いてくれる貴重な体験になっていくのでしょう。

私たちは祖父に大切なことを教えてもらいました。でも、もっともっと元気で生きていてほしかった。いろんなことを学ばせてもらいたかった。私が物心ついた時から「おじいちゃん」でした。ご近所のお年寄りも、今ではご健在でいらっしゃる方が減ってきてしまいました。私の少女時代の名残は残り少なくなり、私もまた「老い」に向かってきています。祖父の姿は、私の未来でもあったのです。

あまりにも介護が美化されていると感じられるかもしれません。でも、あの時の私たちは祖父にできる限りのことをと必死だったのです。

とはいってもやはり楽なものではありませんでした。覚悟していたとはいえ、二十四時間看護の現実に、母は神経も体も病んでいきました。ただ声が聞きたいからと電話がずいぶん増えました。それでも不思議と投げやりな言葉は出てはこないのです。実家の近くに住んでいた弟もでき得る限りの協力をしていました。

母は会社をやめ、一人で介護を始めました。農業との掛け持ちで苦労しながら、二十年以上も勤めた会社でした。弟も病院に行く時には、仕事の合間をみて手伝ってくれました。私は離れていたので、一ヵ月に一度くらいしか帰れませんでしたが、三、四日と滞在し、夜中の担当を代わったりしてその間に母を休ませました。私がいる時くらいゆっくり朝まで寝かせてあげたかったのですが、眠りが浅いのが習慣化してしまい、なかなか熟睡できなくなっていたのです。母の置かれている現状を目の当たりにし申し訳なく思いました。

「後悔したくないから」が私たちの共通の思いだったと思います。

後悔——それは祖母の時のものが、それぞれの中にあったからです。祖母はまだ、六十歳になるやならずやの若さでボケてしまいました。私は中学に入学したばかりでした。当時はアルツハイマーという言葉はまだなく、精神病ではないかと思われていたのです。体に悪いところがなかったため、目を離すとすぐにいなくなってしまい、そのたびに警察ざたになりました。砂糖一袋を一度に食べてしまったり、何も食べ物を与えてもらえないからと、近所にあがりこみ食べさせてもらったりしたこともあります。めちゃくちゃな食べ方をするため、当然おなかを壊してはあちこちで漏らすようになりました。母がいる時ばかりではありません。私は泣きながら祖母の排泄物を拭きました。ご近所の好奇の眼、親戚の無理解、そして奇行を繰り返す祖母に私たちはしだいに追い詰められていきました。

祖母を憎み、他人に敵意を持ち、思春期の私たち姉弟は荒れていきました。「なぜ私たちだけが祖母を看なければならないの？　こんな家、出ていきたい」と母に何度も訴えましたが、一番苦しいのは祖母自身なんだと繰り返し言うのです。当時の私には理解できることではありませんでした。弟も次第に生活が荒れていき、家族は崩壊寸前、いえ壊れてしまったのです。そんな生活が八年間も続きました。祖母がアルツハイマーという病気だとわかったのは、発症してから六年もたってからでした。

その間に私は短大へ進学して家を出、弟も高校の寮に入り、家にはいませんでした。私たちが逃げている間に、祖父と母で祖母を看取ったのです。冷たくなった祖母を前に、私は大変なことをしてしまったのだとやっと気づきました。その時にはもう祖母にしてあげることは、何もありませんでした。弟も同じように悟ったことがあったようです。あの日を境にして彼の生活も変わりました。時を取り戻すことはできません。自分の行いの取り返しは、亡くなった者には届きません。もう二度と同じ思いはしたくない。だから祖父の時には、違った対応ができたのだと思います。

そして本文中にもありますが、私は第一子を胎児水腫という病気で亡くしています。六カ月という長い間ＮＩＣＵ（新生児集中治療室）で苦しみ抜いた末、一度も家族として暮らすことなく我が子は逝きました。「死」に対する思いは他の方々より敏感だったと思います。

今を生きるのが精一杯で、自分の未来も子供たちの将来も、見えるものは何一つとしてないけれど、あの時教えてもらったものだけはなくさないように、これからを生きていきたいと思います。

子供たちにはこの体験を二度と同じ時はない貴重な少年時代の思い出として、心の中で大切に保管し、育てていってくれることを望んでいます。そしてそれを、いつかいろんな形で世の中へ返すことのできる人間になってくれることを願っています。

最後に、これを世の中に出すきっかけを作ってくださった文芸社の皆様、編集の遠藤俊一さんに感謝いたします。

二〇〇二年　初夏

小林　厚子

**著者プロフィール**

小林 厚子（こばやし あつこ）

1964年静岡県生まれ
茨城県稲敷郡在住

ばいばい 大っきいじいちゃん

2002年8月15日 初版第1刷発行

著 者 小林 厚子
発行者 瓜谷 綱延
発行所 株式会社文芸社
〒160-0022 東京都新宿区新宿1-10-1
電話 03-5369-3060（編集）
03-5369-2299（販売）
振替 00190-8-728265

印刷所 株式会社平河工業社


ISBN4-8355-4244-4 C0093